꽃은 향기로 말한다

안성수 시집

꽃은 향기로 말한다

초판 인쇄 | 2025년 7월 3일
초판 발행 | 2025년 7월 10일

지은이 | 안성수
펴낸이 | 서영애
펴낸곳 | 대양미디어

04559 서울시 중구 퇴계로45길 22-6(일호빌딩) 602호
전화 | (02)2276-0078
팩스 | (02)2267-7888

ISBN 979-11-6072-150-8 03810
값 15,000원

＊ 지은이와 협의에 의해 인지는 생략합니다.
＊ 잘못된 책은 교환해 드립니다.

꽃은 향기로 말한다

안성수 시집

대양미디어

꽃은 향기로 말한다

3번째 시집 『꽃은 향기로 말한다』를 상재하면서 테마를 꽃으로 정한 것은 꽃이 인간의 심성을 곱고 맑게 정화해주는 정화제 역할을 하기 때문에 독자들이 꽃 시를 읽고 감명을 받아 아름다운 삶을 영위하는 디딤돌이 되어 살맛 나는 멋진 인생을 펼쳤으면 하는 바람으로 꽃 시를 정성껏 한뜸 한뜸 수를 놓았습니다. 인생을 살아가면서 즐거울 때나 슬플 때 꽃이 어김없이 등장하는데 이처럼 사람들 가슴에 깊게 자리매김하고 있음을 보여주고 있습니다. 꽃 시를 통하여 인생을 관조하고 성찰하며 마음을 깨끗하게 순화하며 밝고 맑은 아름다운 우리가 되길 소망합니다.

게다가 꽃은 전혀 잘난 척을 하지 않고 뽐내지도 않습니다. 낮고도 부드럽게 들리는 목소리가 되레 큰 울림으로 다가오듯이 꽃들은 침묵하는 것 같으면서도 그들만의 향기로 말합니다.

  자연의 빛깔은 서로 잘 어울리는 보색 관계를 이루어 아름답습니다. 아름다운 꽃들의 자태는 우리에게 곱고 선한 마음을 만들어 주어 정서적인 울림으로 마음의 쉼터를 제공해줍니다. 언제 어디서나 꽃은 만나도 반갑고 낯설지가 않습니다. 이제 꽃을 바라보면 작은 들꽃 하나도 귀하게 다가올 것입니다. 각박한 삶 속에서 들꽃이 아기자기하게 피어 있는 것을 그냥 무심하게 지나치는 사람은 이 꽃 시를 통하여 정서적 안정을 찾길 바랍니다. 그리고 이 세상에 향기 없는 꽃은 없습니다. 더함과 덜함은 있겠지요. 꽃향기는 저마다 제각각 다릅니다. 그것은 서로 다른 향기로 자기만의 언어를 표현하기 위해서입니다. 독자분들도 꽃들과 향기로 대화를 나누어 보세요. 꽃은 삶의 등불입니다. 밤하늘을 밝히는 꽃향기는 추억입니다. 한편의 꽃 시가 사람들 가슴에 이쁜 감동으로 남아 아름답고 향기로운 우리가 되길 바라면서 두 손 모아 합장합니다.

유난히 햇살이 뜨거웠던 7월 어느 날에

시인 일죽 안성수 씀

안성수 시인 칠순 기념

시집 출판에 즈음하여

三午 **高光洙**

전 열린문학 회장

보고 싶어 애타는 마음이 그리움일진대, 칠십 년 연륜에 쌓여있는 안 시인의 그리움은 어떤 것일까.

안 시인의 근작 시(近作 詩 : 2024년)

바람이 한가로운 내 고향

황토 빛 토담집에 모락모락

굴뚝 연기 피어오르고

감꽃이 지는

새하얀 박꽃이 함초롬히 핀

 고향이 그립다

「내 고향에 가고 싶다」 첫 구절

초가삼간 궁색한 지붕에 박꽃을 피우던 시절이 언제인데, 강산이 몇 번을 바뀌어서 흔적도 없이 사라진 '옛날 풍경'을 이제껏 잊지 않고 그리워하는 안 시인.

일상생활에서 부딪치는 사물事物이 모두가 그리움의 대상은 아니다. 절절한 그리움도 때가 지나면 잊고 사는 게 우리네 일상이다.

고단한 인생길, 칠십 평생에 겪은 희로애락이 많았겠지만 호好, 불호不好를 구분하지 않고 흘러간 과거를 그리움으로 간직하는 다정다감한 안 시인의 천성을, 옛날 '박꽃'을 그리워하는 시어詩語에서 능히 짐작할 수 있다.

이런저런 사연, 얽히고설킨 과거사일랑 스쳐 지나간 인연이 던져주고 간 업보로 받아들이는 대범한 안 시인.

이렇듯 인간사의 일희일비一喜一悲에 초연한 안 시인이 꽃花을 소제로 시집을 상재上梓했다. 꽃 이름만 100종류, 가위可謂 초유의 일이 아닌가.

고금에 꽃을 시제詩題·화제畵題로 하여 글과 그림을 남긴 시인과 묵객이 허다하지만 거의가 다 화중군자花中君子 연꽃·화중신선花中神仙 해당화·화중왕花中王 모란꽃을 귀하게 여겨 칭송하였다.

하지만 안 시인은 전래의 유명화(?)가 아닌 누구도 눈

여겨보지 않는 산과 들에 피는 들꽃(야생화)과의 대화를 시
어로 엮어냈다.

> 목숨 같은 꿈 하나
> 담금질하며
> 긴 여름과 괴로움
> 혼자 견디며
> 눈 속에서만 피는 꽃

혹한의 눈 속에 파묻혀 피는 복수초福壽草에 안 시인의
시선이 멈춘 까닭이 무엇인가.

칠십 고개에 오른 안 시인의 소싯少時적은 춘궁기가 호
랑이보다 더 무서웠던 시절. 그 고난의 시대를 인고忍苦 ·
자립自立의 투지로 이겨낸 시인의 성장 과정이 백설에 묻
혀 피는 복수초의 고난과 비견되었을 터….

하여, 「가냘픈 몸으로 / 발 시린 줄도 모르고 / 두터운 눈
을 녹이며 / 열정의 꽃 피웠네」

라고 동병상련의 시 한 수를 엮은 게 아니었을까.

복수초의 수난을 목격한 시인은, 슬퍼하고 절망하기
보다 이마저도 그리움으로 순환純化해서 가슴에 묻어두
었겠지.

아무도 눈길 한번
주지 않아도
발붙일 곳만 있으면
고개를 쑥쑥 내밀고
피어났네.

심한 바람에
밤새 뒤척이는 마음
햇살로 삭히고 삭혀
그 뼛속까지 타들어 가
꽃망울 가슴에
벙그러졌네.

한적한 외진 길가 맨땅에 피는 민들레꽃. 반겨주는 이 없이 바람에 시달리고 햇살에 달구며 뼛속까지 타들어 가는 아픔으로 피워낸 꽃이었건만,

영혼도 해맑고/ 숨소리도 고운/ 이쁜 꽃잎들/ 다 풀어헤쳐 버리고/ 이제 마음을 비우려/ 홀씨 되어 날아가네.

뼛속까지 타들어 가며 만들어 낸 꽃망울도 헤쳐 버리고 마음을 비우고 홀 씨 되어 바람 따라 외로이 떠나가는 게 민들레의 종말이더냐!

거창한 공수래공수거 인생의 종말과 하찮은 민들레의 종말과 무어가 다른가?

안 시인의 시혼詩魂의 저변에 이런 물음이 깔려있지 않을까?

무릇 100종류의 화초와의 면접으로 엮어낸 담대하고 기발한 시상詩想인즉 한국문학 시단詩壇에 만만찮은 화제작이 될 터이다.

안 시인의 그리움에 대한 목마름은 신간 시집으로 조금은 해갈이 되겠지만 삼라만상을 관조觀照하는 고희古稀의 반열에 오른 안 시인의 다음번 시집의 건필을 기대하면서, 불후의 가곡 「과수원 길」 시인 박화목 선생님이 창립한 문학 동아리 '열린문학회'에 열정을 쏟았던 안성수 시인의 칠순 기념시집 『꽃은 향기로 말한다』 출판을 진심으로 축하합니다.

꽃을 사랑하는 사람은 마음이 맑다

장 석 영

꽃을 사랑하는 사람은 마음이 맑다고 한다. 꽃에서 피어나는 맑은 향기에 마음을 적시고 흔들리는 잎새에서 만상을 바라보는 섬세함이 꽃으로 발화發花되기 때문이지 싶다.

일죽一竹 안성수 시인은 꽃에 대한 사랑이 남다르다. 일상에서 마주치는 작은 꽃 한 송이도 무심히 지나친 적이 없다. 그래서인지 그의 카메라와 수첩에는 늘 꽃에 대한 정보로 가득 차 있다. 세상 누구보다도 꽃을 사랑하는 안 시인이 그간 마음 밭에서 가꾼 꽃을 독자에게 조용히 펼쳐놓는다. 그의 세 번째 시집이기도 한, 『꽃은 향기로 말한다』는 단지 꽃을 노래하는 것이 아니라 꽃을 닮은 우리 모두의 삶을 어루만진다.

그의 시를 대하면 꽃 감정이 절로 솟아나서 읽는 이의

마음을 설레게 한다. 시를 읽다 보면 어느 바람 부는 날 들길에서 문득 떠오른 지난날의 기억과 그리움, 그리고 이름 붙일 수 없는 사랑이 떠오른다. 삶의 한쪽 구석, 누구에게도 말하지 못한 마음이 꽃을 통해 고요히 피어나고 온기로 남는다. 화려하지 않아 더 오래 기억되는 감정, 작고 연약하지만 끝내 피어나는 생의 순간이 책 속에 담겨있다. 시의 연마다 그리움이 피고 사랑이 지고 다시 희망이 움트는 순간을 따라가다 보면 우리는 결국 꽃처럼 아름다운 존재라는 사실을 깨닫게 된다. 조용히 눈을 감고 페이지를 넘기다 보면 어느새 마음 한편에 꽃 한 송이 피어나는 것을 느끼게 된다.

안 시인의 시집은 한 송이 꽃을 들여다보듯 한 사람의 마음을 천천히 어루만지는 숨결이 될 것이다. 이는 꽃을 사랑하는 사람에게 바치는 시인의 조용한 고백이자 위로이기 때문이다. 부디 독자의 마음에 시의 여운이 그윽이 전달되어 그 향훈이 멀리 번지기를 기대한다.

내가 알고 있는 문인 중에 이런 꽃 시인이 있어서 정말 자랑스럽다.

|차 례|

제1부 꽃은 사랑이다

제4부 꽃은 기쁨이다

꽃은 사랑이다

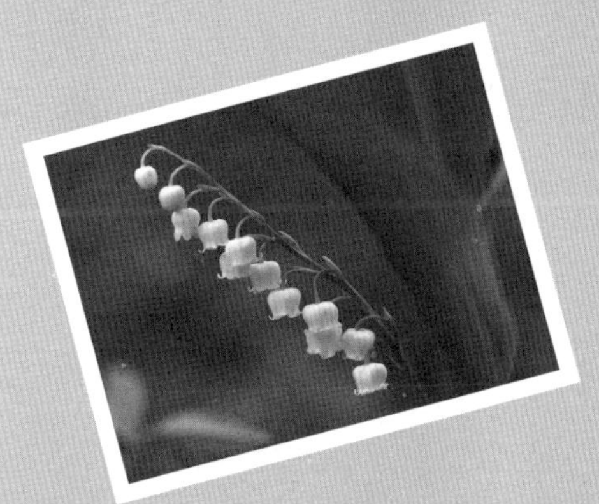

각시붓꽃

저만치 바람에 흔들리며
먼저 피어 기다리는 꽃이 있다.
말없이 핀다는 건
얼마나 오래 마음을 다졌다는 걸까.

보랏빛 치맛자락 살며시 모으고
들길 끝에 앉아 있는 너
햇살이 말을 걸어도
고개 숙인 채 미소만 띤다.

이름마저 곱고 아름답다
이름부터 다정한 각시붓꽃!
그대는 꽃이 아니라
긴긴 기다림이다.

개나리꽃

이 찡한 봄날
햇빛이 개나리 들쑤셔대니
꽃망울 터뜨리며
수런수런 내리고 있다

준비되지 않은 봄은
위태롭다는데…
팔짱을 끼고 피어나는
개나리의 섣부른 외출

무작정 타올라도 좋을
노오란 일렁임 하나
어쩌자고 봄날은 이리 좋은 것이냐

화사한 봄날엔 예쁜 개나리꽃처럼
사람들 가슴에 희망이
노오랗게 피어난다.

괴불주머니 꽃

작은 숲 그늘 아래
너는 조용히 앉아 있었다.

누군가 부적처럼
소원을 접어 넣었을까
그 고요한 주머니

사람들은 너를 스쳐 지나간다
이름조차 어색하게 흘리며
하지만 바람은 안다
너의 피어남이 얼마나 간절했는지

저마다 품고 있는
작은 기도 하나
그걸 꼭 감싸 안은 듯
너는 하루를 견딘다.

피어 있는 동안
빛나지 않아도 괜찮다
괴불주머니라는 이름도
슬쩍 웃고만 있는 너이기에….

구슬댕댕이 꽃

숲 가장자리.
햇살이 닿는 나뭇가지 끝에
작은 종이 달려있다.
하얗고 투명한 구슬처럼
살며시 고개를 숙인 꽃

바람이 불면
소리 대신 향기로 답하고
비가 내려도
말없이 고요히 흔들린다.

이름은 가볍지만
그 안에 깊은 시간이 맺혀있다.
눈에 띄지 않아도
자기 자리에 충실한
작은 생명의 단단한 숨결.

구절초 사랑

별빛 총총 소담스런 새하얀 구절초
무슨 사연이 그리 많아
구구절절 피었나요?

표표히 앙증맞은 작은 손 흔들어서
아홉 마디 꺾어서야 비로소 꽃이 핀다는데
아름답지만 더 슬픈 그리움의 꽃!

새벽이슬 머금은 채
바람이 꽃대를 흔들 때마다
내 가슴도 향기로워지고

청초하고 단아한 고운 자태로
마디마디 정을 담은 구절초 사랑
길손 추심秋心을 흔들고 있네.

국화

가을의 뜨락에
밤하늘 별들과 함께
무채색의 시간을 덮으며
조금은 외로운 곳에서
수많은 불면의 촉수에도
소박한 천상의 미소로
그대와 나를 위해
은은한 향기 피웁니다.

그리움 가득 가슴 저려도
수줍은 영혼 흔들리면서
찬 이슬에 목을 축이며
기다림으로 품고 있던
눈물처럼 따뜻한 향기로
누군가를 뜨겁게 사랑하다가
언덕에 호홀로
노랗게 피어납니다.

금계국

길가에 별처럼 뿌려진 꽃
태양 한 줌을 꺾어
풀잎 위에 얹어둔 듯
눈부신 노랑의 잔물결

누구의 정원도 아니면서
온 들판을 집 삼아
바람이 부는 쪽으로
가볍게 웃으며 피어나는 꽃

뿌리 깊이 박히지 않아도
자유롭게 피는 꽃이 있다는 걸
너는 말 없이 보여준다.
화려하지 않은 더 찬란함으로

금계국
이름마저 금빛이어서
네가 피어 있는 풍경은
늘 햇살 쪽을 닮는다.

금낭화

가슴 속에 꽃불을 켜
가지에 주렁주렁 달고서
저 높은 곳을 향해 달려가는
너의 모습을 보면 가슴이 뛴다.

수줍게 고개 숙인 채
사랑 하나 정 하나로만
'당신을 따르겠습니다.'라는 꽃말처럼
사랑스런 너의 아름다운 모습을 보면

쿵쿵 뛰는 너의 심장 소리 들리고
작은 이슬방울에도 몸 흔들리며
붉은 가슴 활짝 열어 놓은 금낭화
조롱조롱 붉은 꽃잎이 짙다.

기린초꽃

돌담 틈새에
작은 꽃 하나 피었다.

비바람에도
고개 숙이지 않고
말없이 붉은 마음을 드러낸다.

피고 지고
다시 피는 일에
충실한 삶일 뿐

그래서 더 아름답다
무너지지 않는 작음이여
침묵 속에서
피어나는 강인함이여!

꽃무릇

달빛 한줄기 내린
소담스런 길섶에
오롯이 피어나는 꽃무릇
빛의 방향에 따라 색상이 달라지는
붉디붉은 사랑꽃이여!
이룰 수 없는 사랑의 목마름
기다림으로 긴긴밤 지새우며
주홍빛 연정으로 번뇌하는 너는
무슨 사연이 그리도 많아
나그네 마음조차도
설레이게 하는가?

나팔꽃

아침 햇살에 기대어
음표로 그려진 푸른 잎새
가녀린 마디마디 피워내는 웃음꽃

하루 한나절 피었다 지는
덧없는 사랑일지라도
숙명처럼 받아들이는
마음도 착하기 그지없어라.

이제는 가슴까지 열고
어두운 마음 자락 밝혀 주는
화사한 웃음 띤 연보랏빛 나팔꽃.

난초

청초한 난의 자태
푸른 하늘을 향한 기상은
청아한 바람과 햇살을 만나
여린 잎 함초롬히 피어나고
휘어진 잎새 수려하네.

잎새에 맺힌 영롱한 이슬
그 한 방울로도
온몸을 적시고서
다소곳이 피어난 하얀 꽃!

천년의 향기 머금은 청향은
순리를 거르지 아니하고
물처럼 휘돌아 적신다.

냉이 꽃

남새밭 모퉁이에
봄바람에 옹알옹알 거리며
조막손을 흔들면서 피는 꽃

아무도 기억해 주지 않아도
이리저리 함부로 흔들리며
생글생글 웃으며 피는 상큼한 꽃

서운해야 할 틈도 없이
외로우면서도 맑은 송이송이 피운
엄마의 속적삼 같은 하얀 고운 꽃.

너도바람꽃

잔설이 채 녹지 않은
양지바른 산기슭에
작은 바람에도 흔들리는
너도바람꽃.

납작 엎드렸다가
꽃 대궁을 피워 올려
봄 내음 보다 먼저
고운 숨결로 핀 바람꽃

청아하고 수수한
순백의 고결함으로
임 그리워 함초롬히
가장 먼저 꽃을 피웠네.

노루귀 꽃

살며시 봄의 문틈을 비집고서
부스스 얼굴을 내민
앙증맞은 저 이쁜 것들!

마음은 아지랑이처럼 들떠서
그리움으로 물든 애수의 빛깔
능선마다 곱게 피우고

허공을 가른 바람이
보송보송한 하얀 솜털
간질여도 살풋한 미소지며

너는 기다림의 향기로 서서
요정처럼 피어나는 꽃
작디작은 몸이지만 도도하다.

꽃은 희망이다

능소화

잊을 수도 없고
잊히지도 않는
단 한 번의 첫사랑

님을 그리워하며
주체 못 한 서러움만
속절없이 쌓이네.

여리디여린 내 마음
사랑의 불덩어리 품었지만
이루지 못한 사랑으로

긴 기다림에 가슴앓이하며
그리움을 다지고 다져
상처 내어 붉은 꽃 피었는가?

인생을 건 사랑이었음에도
사람의 마음이 돌아서듯이
꽃은 뚝뚝 그렇게 떨어집니다.

달맞이꽃

긴긴 기다림에 지쳐
내 앞에 선 그대는
하소연하듯
창백한 얼굴로

언제나 밤이 되면
새촘히 입 다문 채
외로운 길 등불 되어
길섶을 비추고

가슴 속에 심어 놓은
사랑들이 흩어질까 봐
잎새마다
외로움 털어 내어

달빛을 가슴에 안아
님 오시는 길목에
푸르른 그리움 하나
서럽게 피워낸다.

담쟁이

대지를 디딤돌 삼아
잰걸음으로 다가서는 담쟁이
오랜 시간
담벼락과 한 몸이 되고서야
하늘을 향하는가 보다.

많은 날
진하디진한 삶의 흔적들
회색 담벼락에
핏물로 꾹꾹 새기며
저토록 한 걸음씩 걸었나 보다.

발이 퉁퉁 붓도록
가시밭길 시간을 더듬으며
실족失足은 용납지 못하고
한 발자국 한 발자국
희망을 안고 달리고 있나 보다.

하여
담쟁이들은 어떤 담벼락도
등정하지 못했다는 소리
나는 아직까지 들어보지 못했다.

덴드롱꽃

기다란 꽃줄기는 하늘을 향하는데
꽃들의 시선은 하나같이 땅을 향하는
수줍은 겸손의 꽃이 핀다.

처음에는 순백색이었다가
점점 연두색 연분홍색 연보라색으로
변하는 신기한 꽃.

설레는 마음으로 너를 대하면
꽃망울은 여인네의 고운 발에
버선 신은 듯 참으로 예쁜 꽃.

붉은색 하트 꽃잎
뱀의 혀처럼 날름거리며
붉은 꽃술은 누구를 유혹하려는가?

도라지꽃

산야에서 찬 이슬 머금은
사랑의 순한 눈길의
수줍은 자태 외로워라!

기다림에 지쳐 한숨으로
눈물이 그렁그렁 맺힌
보라색의 슬프고도 청초한 꽃

하늘에서 별이 내려앉은 것일까?
별처럼 초롱초롱 빛나는
영원한 사랑의 별꽃
그 이름 도라지꽃.

동백꽃

가슴 언저리
겨울 흔적 묻어두고
맨살에 문신 새기듯
아픔을 꽃으로 피우려는 몸짓
가슴앓이한다.

꽃샘추위에도
햇살에 멍울 삭이고
바람결에 잎새 꿈틀거려
연붉은 미소 짓는다.

기다림에 지쳐
울다가 지쳐
벌겋게 멍든 가슴
붉은 입술로 피어오른다.

동백꽃은 불타는데
외로움 이기려 몸부림하고
내 가슴 사랑 노래 찾지 못해
아픔의 자국만 남는다.

가슴벽에 흐르는 그리움의 눈물
네 영혼의 깊은 곳에서
영원히 시들지 않는
정열의 꽃으로 타고 말았다.

동자꽃

삶이 기다림의 연속이라 했던가요?
사랑을 기다리고
희망을 기다리고

너의 오랜 기다림이 헛되지 않게
이별이 두려워
그 시간을 잊어서는 안 되겠지.

스님을 기다리다 지쳐
꽃이 된 동자꽃
꼿꼿한 꽃대 치켜세웠지만
영혼의 슬픈 눈동자 애잔하다.

붉은 심장 같은 꽃잎을
다섯 장 달고 피었는데
꽃잎은 연약해서
실바람에도 상처가 난다.

너의 슬픈 빛깔이
가슴까지 물들어
함초롬히 피었구나.

들꽃

잘 띄지 않는 곳에서
자신의 존재를
드러내지 않고

산하의 어느 작은
모퉁이에 피어난
들꽃 한 송이

비바람과 찬 이슬 맞으면서
아무 일도 없었다는 듯이
다소곳이 웃는 들꽃

가만히 들여다보면
수수한 빛깔의
예쁘고 사랑스러운 꽃.

들국화 꽃

높고 푸른 하늘 아래
꿈꾸는 고운 자태
서늘한 바람결 속
세상의 어느 길모퉁이에
있는 듯 없는 듯 피는 꽃

바람이 실어다 주는
서리와 이슬 머금고
높푸른 하늘을 사모하며 피는
사람들의 영혼
깊은 울림을 주는 꽃

별 눈 반짝이며 맑은 마음속에
푸른 달빛 사랑 머금은 채
조그만 소망 새하얀 마음 담아
바람에 산들산들 흔들리면서
하늘을 닮아가고 싶은 꽃.

등나무꽃

등나무 그늘 아래에 서면
씨줄 되고 날줄 되어 엮어서
그늘을 내어주는 등나무

포도송이처럼 탐스럽게 매달린
연보랏빛 꽃송이들
그대 앞길을 밝히는 등불이 되리라.

사랑 하나로 수없이 보듬고 도는
저 등나무의 끝없는 사랑
뜨겁게 흘러내려 심장을 태운다.

라일락꽃

첫사랑이란
라일락 꽃잎을 세 번 접어
어금니로 깨물었을 때의
맛이래요.
달콤하고 쌉쓸한 맛이
오래 기억되는 추억이죠.

꽃잎은 분분히 흩날리고
비록 슬픈 기억일지라도
그 향기 맡고 있으면
사르르 사르르
그대의 향기가 배어납니다.

만리향 꽃

별빛 안고 피어난
수줍은 모습의 황금빛 꽃
비록 멀리 떨어져 있어도
우리는 서로가
님의 유혹에 도취되어
나의 향기가 그대에게
그대의 향기가 나에게
소슬바람 타고서
산 넘고 물을 건너
그리움의 만 리 길을
빛보다 먼저 내 곁에 찾아와
아름다운 사랑의 꽃향기 피우네.

망초꽃

들길 거닐다 보면
지천으로 널려진 망초꽃
이슬에 젖은 듯
촉촉한 하얀 눈망울을 굴리며
함초롬히 피어났네.

바람이 불면
바람 부는 곳으로 쓰러지고
비 내리면
온몸 비에 젖으며
외로움에 잠 못 든 적이
한두 번이 아니리라.

청명한 한낮
사람들조차
눈길 한번 주지 않아도
그 이름 불러주지 않아도
그 이름 기억해 주지 않아도
홀로 서러움의 꽃을 피워

아무렇지도 않은 듯이
일제히 모두 일어나
달빛처럼 하얗게 피워내는
망초꽃처럼
세상의 약속이 모두
흰색인 것만 같다.

매화꽃

섬진강 푸른 바람으로
뼛속을 파고드는 추운 겨울
냉가슴 부여잡고
맨살로 시린 겨울을
견디고서 피어나는 너는

가지마다
실핏줄 톡톡 불거지고
피멍울이 맺히는
그리움의 혼불
하얀 울음으로 피어나고

백설 면사포를 쓴 너는
아픈 생의 비밀을 안고서
겨울 강을 건너와
눈물 한 방울 떨어뜨리며
첫사랑 같은 매화꽃이 핀다.

꽃은 평화이다

맨드라미

낮은 토담 아래
돌봐주는 이 없어도
뜨거운 태양과 맞서
용하게도 버티고 서 있는 꽃.

넓적한 꽃대 위에
수많은 잔꽃들이 피어
갈피갈피 접어둔 사랑
가슴마다 별처럼 박힌다.

너의 빨간 자태에 반해
불타는 사랑 하나 안고서
눈물로 영글어 가는
진홍빛 물들이다가
내 영혼까지 물들여다오.

핏빛 너무너무 선명한
가슴에 품은 불꽃처럼
오늘도 뜨거운 바람이 불어온다
아름다운 세상을 위하여.

며느리발톱 꽃

돌담 아래 햇살이 내리면
숨듯 피어난 며느리발톱 꽃

이름처럼
조심조심 피었지만
눈길 한번 주면
속마음이 붉게 물든다.

그 작은 꽃잎 끝에
참아내는 사랑이
가만히 매달려 있다.

모란꽃

이 밤 달빛을 안고 피는 꽃
모란이 필 때까지 나를 잊지 마세요.

바람에 흩날리는 붉은 꽃잎
그대 떠나간 뒤 바람 잠든 날
내 가슴 이토록 아려 올 줄이야
가슴 저민 그리움에 그만 나는 울었네.

가는 봄 오뉴월 매양 섭섭해도
먼 산에 뻐꾸기 울면 애타게 마음 저려
모란 꽃잎 분분히 흩어지듯이
세상은 바람 불고 덧없어라.

목련꽃

님을 향한 그리움으로
맺힌 그리움인가?
아마도
봄날을 기다리는 마음은
이렇게 가슴에 눈물이 흐르는데

짓궂은 봄바람이 살랑이면
웃음보가 터지듯
오르르 피어나는
하이얀 얼굴은
새색시 볼처럼 수줍구나.

알알이 목마른 그리움과
순백의 단아한 미소를
사랑할 수밖에 없었기에
그대의 가슴속에
하얀 꽃향기 피워냈는가.

옷고름 살포시 입에 문
고운 자태의 목련꽃 앞에 서면
토실토실한 미소에
온통 사랑의 향기 쏟아 내어
마음은 더 맑게 밝아지네.

목화꽃

목화는 한생에 두 번 꽃이 핀다.
처음에는 꽃으로 피고
새하얀 솜 꽃으로 피어난다.

어머니의 사랑이란 꽃말처럼
목화는 포근하고 따뜻하다.

나는 목화꽃을 보면
이쁜 순이 생각이 나고
순이 마음은 하얀 솜 꽃처럼 순결하다.

말도 붙이지 못한 채
수줍어 붉은 볼로 눈 흘김 하던 나는
하얀 그리움을 목화솜처럼
뭉실뭉실 피어낸다.

무궁화 꽃

조국의 혼불
우리나라 꽃 무궁화!

민족의 꽃 앞에 서면 가슴 뭉클한
위대한 민족성을 배우고
내 나라의 소중함을 배운다.

은은하고 우아한 무궁화 꽃
백의민족白衣民族의
홍익인간 구현을 위하여

고결한 숨결 속에 피며
겨레의 구심점으로 피며
겨레의 마음 꽃으로 피며
민족의 영원한 혼불로 핀다.
삼천리강산에 무궁화 꽃이 핀다.

물망초 꽃

나를 잊지 마세요.
내 이름은 물망초
별빛마저 잠든 밤
나의 눈물 나의 미소
나를 기억해 주세요
못 잊어 못 잊어 우는
나를 기억해 주세요
내 목소리 내 향기
나를 기억해 주세요
나의 자태 나의 얼굴
잊지 마세요
나는 나는 슬픔 안은
물망초 꽃.

미선나무꽃

깊은 산 숨결 닿는 곳
고요 속에 피어난 너

하얗게 번진 꽃잎 틈에
말없이 전해지는 봄의 맥박

누구도 쉽게 닿지 못할 자리
그곳에서 너는 조용히 피고
세상은 문득 너를 기억한다

바람에도 흔들리지 않는
고우 너만의 이름, 미선.

민들레꽃

아무도 눈길 한번
주지 않아도
발붙일 곳만 있으면
고개를 쑥쑥 내밀고
피어났네.

심한 바람에
밤새 뒤척이는 마음
햇살로 삭히고 삭혀
그 뼛속까지 타들어 가
꽃망울 가슴에
벙그러졌네.

영혼도 해맑고
숨소리도 고운
이쁜 꽃잎들
다 풀어헤쳐 버리고
이제 마음을 비우려
홀씨 되어 날아가네.

바람꽃

바위틈 사이에 숨어 있던 바람 불어오면
여린 가슴 추슬러 해맑은 웃음 짓는 바람꽃

꽃샘추위가 기승을 부린 삼월임에도
그대는 어찌 고운 모습으로 찾아 왔나요?

봄바람이 그대 가슴 속에서 불고 있는데
그 여린 모습으로 훌쩍 떠나지 마세요.

낙엽을 들추니 애처로운 향기만 남기고
햇살의 손을 잡고 바람처럼 그렇게 떠났어요.

박꽃

고향 집 초가지붕 위
달빛 받아 더욱 고운
소담한 박꽃 하나 피었네.

어둠이 내리면
수줍어 살포시 고개 든
해맑은 하얀 순정

영혼의 맑은 향기와
우아함에 취했다가
님 생각에 눈물 맺히네.

티 하나 없는 순결로
하얀 드레스 펼쳐 입은
너의 청초함이 어여쁘구나.

배롱나무꽃

비 개인 산사의 아침
뜰 앞에 배롱나무 한 그루
삼복더위에 혼자서
그토록 신열을 앓더니만
석 달 열흘이나 피고 지는
서러운 붉은 열꽃이 피었는데
뽀얀 피부에 바람이 살랑이면
간드러진 저 웃음은 염화미소인가?

백목련

누가 사월을 잔인한 달
이라고 했던가요?
때 묻지 않은 순백의
청아한 울림으로
가슴이 먹먹합니다.

속절없는 외로움 속에
혼신을 다해
백의의 천사 화촉을 밝힌
고결한 자태의 저 목련꽃

아름다운 침묵 속에
꽃 진 자리 푸른 잎새 돋아
상처로 기억되는
사랑일지라도

이토록 아름다운 봄날
새하얀 꽃등을 지핀
순결한 그대 모습은
천상의 꽃입니다.

백일홍 꽃

잎새에 부는 작은 바람에도
무슨 번민이 많았는지 아무도 모르게
온몸을 다해 꽃을 피웁니다.

누구를 애타게 기다리며
석 달 열흘 동안이나
눈물이 사위어질 때까지 피었나요?

꽃물결 가슴 속 강물 되어
붉은 고백을 알알이 쏟아 놓아도
돌아서면 다시 그리워지는 꽃

이 아름다운 슬픔의 영혼이
청향으로 남는다면
긴 기다림도 외로운 행복 꽃입니다.

제4부

꽃은 기쁨이다

벚꽃

꽃샘추위에
밤새 뒤척이며
시린 속을 쓸어내고
빗장을 풀어 가슴을 열었구나.

봄빛 따스한 햇살 담아
그 꿈을 키워서
영혼도 맑고 숨소리도 고운
소망의 꽃망울 가슴에 벙글어졌네.

벚꽃이 활짝 필 때에는
함께 바라볼 수 있는 것만으로도
행복한 웃음보가 터지듯
온 세상 밝히는 등불이 켜졌네.

지나가던 바람에 생채기가 나
하나둘 떨어지는 꽃 잎새
이제는 돌아오지 못하는
서글픈 몸짓으로
자기의 흔적을 지우고 있네.

복수초 꽃

목숨 같은 꿈 하나
담금질하여
긴 어둠과 외로움
혼자 견디며
눈 속에서만 피는 꽃

가냘픈 몸으로
발 시린 줄도 모르고
두터운 눈을 녹이며
열정의 꽃 피웠네.

키 작은 복수초 불쑥 나와
하루 종일 처염한 모습의
진노오란 어여쁜 꽃
시샘 바람에 바르르 떨고 있네.

복숭아꽃

안개비 흩날리는 봄날 언덕에
활활 태우던 그 흐드러진 불꽃
복숭아꽃 환장하게 자지러졌다.

그 어느 해보다 붉은 빛깔의
꽃잎과 요염한 암술 수술이 어우러져
꽃 진 자리에 열매가 맺히듯
내 바람은 사랑의 정표로 남았으면 좋겠다.

여인들 바람날까 봐
뜰에 심지 않았다는데…
바람나서 예쁘게 단장을 하고서
사랑도 도란도란 나누며
스스로 피는 분홍 복숭아꽃이고 싶다.

봄꽃

첫사랑 같은 물빛 숨소리
수런수런 애기 나누며
파릇한 가슴을 열어
보석이 박힌 듯
연둣빛 맑은 그리움
자금자금 피어나네.

하얀 드레스 같은 꽃잎
청초한 아리따움으로
선연하게 피어오르고
봄은 자박자박 걸어와
고운 꽃망울 터트리며
봄꽃은 지천에 피었네.

봉선화

토담 밑 낮은 곳에서
붉은 볼 밝히는 너는
워낙 눈물 많은 가슴으로 태어나
척박한 땅에 뿌리내리고도
탓하지 아니하며

바람도 숨이 멎은 한더위에도
한 송이 꽃등을 피워낸 너는
키대로 채운 기다림에
눈물로 토해 놓은
각혈 같은 애증의 꽃입니다.

연분홍 꽃 잎새는
울다가 지쳐 잠이 든
아기의 예쁜 볼 같고
꽃망울 터지는 소리는
그리움의 눈물 소리입니다.

밤새도록 속앓이하던 마음
한낮의 뙤약볕에 사르르 풀어
붉은빛으로 물들이는 너를 보면
첫사랑 훔쳐본
순이 생각이 납니다.

사랑초

연약해 보여도 어떤 시련쯤이야
잘 견딜 수 있어
자주색의 잎새는 꿈을 키워
맑아진 모습이 청순하고
화려하지 않아도 귀여운 사랑초

햇볕을 받은 양에 따라
연보라색 꽃을 피우며
해가 지면 날개를 접는
하트 모양의
가녀린 몸매를 지닌
저 분홍빛 연정
어둠 속에서도 얼굴 붉어진다.

무슨 애잔한 사연이 있어
이슬처럼 영롱한
눈물 한 방울 떨어트리는
슬프고도 어여쁜 사랑초
네가 사랑하는 길은 무엇인가요?

산돌배꽃

깊은 산골
길 잃은 바람에도
하얗게 피었다.

보는 이 없어도
제 할 몫 다하듯
묵묵히 봄을 밝혔다.

산돌배꽃
속 깊은 사람처럼
한참 보고 나서야
그리움이 스며든다.

산수유꽃

꽃샘추위가 기승을 부린다 해도
맨살로 시린 겨울을 견디고서야
황금 꽃 고운 모습으로 피어났구나!

예쁘게 부풀은 그리움 안고서
여리디여린 노란 꽃 망울망울 터트려
꽃물결 이루고 해맑은 웃음 짓는 산수유꽃!

잠시 꽃향기에 취하고 눈빛 맞추다 보면
여울지는 빗방울처럼 아련한 그리움으로
내 마음도 노랗게 물들어 아름다운 연서를 쓴다.

살구꽃

달빛 쟁쟁한 밤
살구꽃처럼 바람 따라
내 마음도 분분히 흩날립니다.

채워도 끝내 채워지지 않는
가슴속에 심어놓은 사랑
그리워 그리워 애태웁니다.

사랑한다는 것은
이렇게 어두운 밤에도
그대 생각이 납니다.

이 봄밤 어느 마당 가에
하얗게 핀 살구꽃 나무 아래서
그대도 내 생각에 잠기겠지요.

상사화

갈기 같은 꽃잎
촉수처럼 뻗은
그리움에 지친 눈물은
핏빛이어라.

붉은 그리움은 넘쳐 넘쳐
가슴에 촉촉이 스며든
선홍빛 애틋한 사랑
그대는 정녕 아시나요?

먹먹한 울림 유유히 흐르듯이
천년을 한 사람만 기다린다는 것은
얼마나 가슴 아픈 일인가요

아름다움은 기다림이라 했던가!
이룰 수 없는 사랑일지라도
언제까지나 홀로여야 하나요?

생강나무 꽃

산모퉁이 돌아 양지 녘
동박새 내려앉은 자리에
생강나무 가장 먼저
꽃눈을 매단다.

산수유보다 먼저 피는
사실은 봄의 전령사이며
바람 불면 파르르 떨고
벙글대며 웃는 생강나무 꽃

초록 바람에 몸을 맡긴 채
결결이 가슴 풀어헤치면
생강나무 노란 꽃에도
사박사박 봄은 몰래 온다.

선인장 꽃

휘몰이 모래바람에
온몸을 뒤척이며
하얗게 살을 태워
제 가슴을 찌르고
불꽃 한 송이 피어났네.

그리고
불볕 속으로
앙상한 뼈만 남은 채
가시 잎새는
스스로 걸어 나와
그리움의 여독을 풀어
저리 곱게 핏물이 들었나니

우리도 저처럼
가슴을 거침없이 찔러
잔인할수록 아름다운
생명의 사랑 꽃
피워야 한다.

수국

여러 개 꽃잎이 모여
청잣빛 그리움 안고 응얼대며
수십 개의 꽃으로 피는 꽃

혼자는 외로워 외로워서
송이송이 불러 모아
소담스럽게 피운 꽃

푸르락 붉으락
변덕을 부리는
팔색조 같은 행동에
도저히 감당할 수 없는 꽃

정작 열매도 씨앗도
맺지 못하며
아름다운 향기마저 없어도

마지막 꽃잎 하나라도 피우기 위해
몸살을 앓으며 피어나는 꽃이
수북수북 참 탐스럽구나.

수련꽃

깊은 연못 기다랗게 줄기 내려
뿌리 내림은 긴긴 그리움이요
부표처럼 물 위에 떠 있는 둥근 잎새는
모질지 못한 둥근 마음이요
잎새들 어깨 기대며
둥글게 손잡음은 서로 사랑함이요
넓은 잎새 비 내리면
제힘에 부치지 않을 만큼만 안는 것은
욕심을 비워냄이요
흙탕물 속에서도 청초한 수련꽃을
피워냄은 순백의 심장 꺼내
청정심 꽃으로 피워냄입니다.

제5부

꽃은 미소이다

수선화

가녀린 몸매 맑은 눈빛
어둠을 끌어안은 채
삭이고 삭인 외로움으로
소녀의 눈빛이 흔들리며

돌담 아래 외로이 서서
별당 아씨 청순한 부끄럼
수줍은 듯 고개 내밀고
누구를 기다리는가?

외로우면 외로울수록
바람이 매우면 매울수록
순결한 영혼
사랑으로 일으켜 세우고

제 몸 스스로 녹여
노란 향기 피우며
삶을 사랑하는 것은
살아갈수록 외로워지기 때문이다.

쑥부쟁이꽃

내 가슴속에
살아 숨 쉬는 너는
그대 그리움의 파편인가?
가슴 속 멍울로 남아
시리도록 아픈 그리움에
사위어갑니다.

슬픈 그리움의
아픔을 앓더니만
가슴에 내린 서리가
눈물 되어 흐르고서야
보고픔 하나로 피워내는
쑥부쟁이 꽃

자주색 꽃을 무더기로 피우고
바람 속에 멋대로 흔들리다가
애절한 달빛 향기 피우는
그런 맑고 청초한 영혼
나도 가슴속 깊이 간직하고
살았으면 좋겠습니다.

아카시아 꽃

바람에 밀려오는
아카시아 꽃향기가
가슴에 그윽하여
수줍은 그리움이 피어올라
순이가 생각난다.

시샘 없이 다투어 피고
물빛 고운 가슴
하얀 그리움 이루고
바라만 보아도 가슴이 뛴다.

눈 지그시 감고 꽃향기 맡으며
까르르 웃음 짓던 순이는
상큼하고 아름다운
순수한 오월의 천사!

호젓한 아카시아 길
나 순이 생각으로
기다림은 향기롭게 퍼져나가
순백의 맑은 사랑을 안겨준다.

안개꽃

가녀린 몸매 하얀 얼굴로
은은한 배경이 되어주는
안개가 자욱이 서려 있는
그 이름 수수한 안개꽃!

한 송이로는 제 모습을
가늠할 수 없는
무더기로 어우러져야만
비로소 제 모습이 보이는 꽃!

맑고 깨끗한 마음이라는
꽃말처럼
마음이 천사같이
깨끗하고 이쁜 정다운 꽃!

애기똥풀꽃

봄비 그친 맑은 날
앉은뱅이걸음으로 와
애기똥풀꽃이 피어 있네

천변 길옆에
노랗게 핀 애기똥풀
꽃으로 보니 참 예쁘구나

붉은 뿌리 초록 잎새 노랑꽃
꽃대 꺾으면 솟구치는 노란 똥
갓난아기 똥 같아 붙여진 이름이네

애기똥풀꽃 피면은
햇살 눈 부신 웃음소리에
풀숲이 환하게 웃는다.

양귀비꽃

서러운 눈물 가슴에 품은
아름다운 자태의 사랑 꽃
바람결 나부낄 때
요염 미묘한 붉은 맵시
가느다란 몸매 춤사위는
영혼의 울림으로
심장마저 더 붉게 물들고
세상을 기울게 한
세기의 아름다움이어라
사랑만이 그대의 생애로
꿈결처럼 아득하게 고웁다.

양지꽃

채 얼음이 녹기도 전에
따뜻한 햇살 한 줌만 있어도
오솔길에 도란도란 피는 꽃

고단한 삶에 지친 사람들에게
얼었던 마음을 편안하게
녹여주는 정다운 이쁜 꽃

아씨의 수줍은 볼처럼
잔잔한 미소를 띄우며
이름이 양지꽃이라서
양지바른 곳에만 피는 꽃.

억새꽃

달빛으로 흐르는
학의 천변에 서면
낮은 자리에서도 불평 없이
서걱서걱 밤새 수런대며
하이얀 꽃을 피웠네.

길섶 모퉁이마다
갈색으로 그을린 이파리
고개를 떨구는 것은
무서리 내린 탓만 아니겠지.

억새꽃 은빛 바람결에
결결이 가슴 풀어헤쳐
흔들리고 있는 것은
안타까운 몸부림이며
나도 한때 가슴에
금이 가도록 외로웠네.

오늘은 예쁜 와인 잔처럼
하얀 긴 목의 그녀와
다정히 손잡고
소담스런 얘기 나누면서
하나씩 채워지는
사랑 때문에
이 밤도 외롭지 않네.

엉겅퀴 꽃

척박한 땅에 깊이 뿌리 내리고
잡초 속에서도 꽃을 피워 낸
네 가슴을 들여다보면

봉긋하게 솟아난 꽃봉오리
표독한 아름다움을 지니고서도
보랏빛 설움이 일고 있다.

가슴 아린 영혼의 상처와
이 험한 세파가 두려워서
온몸에 가시를 품고 산다네.

가시 많은 엉겅퀴가
내 삶인 것과 같아 너를 사랑하며
희망의 햇살로 보듬어 안는다.

연꽃

청정한 고운 님
순수함을 지키며
맑은 숨을 쉬어서
세상에 고운 것만 걸러내
고운 향기로 세상을 넓히고

지고지순한 모습
꽃으로 피어나면
저리도 고운 것을
내 마음도 첫눈처럼
순한 눈빛이 되고

오염된 세상에서
진흙 뻘에 발 묻고도
붉은 꽃등 피워내며
자비의 큰 가슴을 가졌기에
그토록 웃을 수 있는가?

오이꽃

지주대를 칭칭 감고
노오랗게 핀 오이꽃
마디마디 미소가 노랗다
아기들의 머리핀 꽃으로
꽂아주면 좋겠다
오이꽃 작아서 예쁘고
작은 꽃이 솔직히 귀엽다
오이꽃 예쁘니 오이도 예쁘다.

옥잠화

찌는듯한 여름 담장 밑 뜨락에
청초하면서 단아한 맵시로
가는 목울대 살포시 들어
하얗게 피는 옥잠화

님 기다림으로 하얀 밤 지새우며
밤새 함초로이 이슬에 젖었어도
순결한 그 모습이 어찌 저리 고울까?

맑은 미소에 순백의 꽃망울 피우면
꽃잎들이 토해내는 그윽한 향기에
나도 모르게 아슴아슴한 황홀에 빠졌네.

용담꽃

애절한 눈빛으로
님의 향기 그리워하며
삶의 쓴 물로 삭이더니
어느새
피워낸 용담꽃 한 송이

소슬바람 불어와
가슴 한켠에는
소인처럼 찍힌
시퍼렇게 멍든 가슴을
열어 보이는 용담꽃

마치 마지막 밤을 밝히듯이
창백한 등불을 밝히고
용의 쓸개처럼 쓰다는
그 뿌리로 피워낸
서슬 푸른 용담꽃.

원추리꽃

척박한 땅에 뿌리내려
잎새는 푸른 하늘 향하고
주황색 깔때기로
별빛 이슬을 담은 원추리꽃

선연한 빛깔 안으로 감추고서
님 기다리는 애틋한 마음
기다리다 지쳐 쓰러지듯이
아침에 피었다가 저녁에 지고 마는 꽃

날렵한 몸매로 바람을 가르며
수풀 속에 함초롬히 피어나는
저 주황빛의 순박한 꽃
어찌 저리도 고울까요?

제6부

꽃은 생명이다

유채꽃

휘돌아진 돌담 너머
남새밭에 노오란 유채꽃이
일제히 고개를 들어
화사한 물결을 이룬다.

자분자분 싱그러운 바람에
노랑나비 훨훨 날아들고
하늘하늘 웃는 얼굴로
길손 반갑게 맞아준다.

우리 사는 세상
꿈을 가진 것들은
아름다운 결이 있듯이
고운 유채꽃 물결 흔들림에

나도 출렁출렁 흔들리면서
노오란 일렁임 가슴에 안고
내님에게로 향한다.
영원한 내 사랑을 위하여!

은방울꽃

깊은 산골짜기에 은방울꽃
하얀 음표를 올망졸망 매달고
그늘진 자리에 피었네.

구슬처럼 매단 은초롱
환하게 웃는 모습은
영롱한 아기의 눈망울 같다.

새하얀 울림으로
내 마음 밝게 비추면
내 마음엔 기쁨 향기 맺히고

새벽을 흔들어 깨우는
고고하고 단아한
은방울꽃은 천상의 꽃이다.

이팝나무 꽃

소소히 불어오는 바람에
햇살이 초록을 품은 채
순백의 그리움의 꽃을 피웠다.

가슴이 하얗게 부서지도록
가녀린 가지마다 흐드러지게 피어
뭉게구름처럼 일렁이고

눈처럼 소담스럽게 쌓인
그리움의 빈자리에는
사랑의 추억 예쁘게 피워놓고서

이팝나무 하얀 꽃그늘 아래 앉아
내 가슴에 담아 놓은 님 보고 싶어
내 님 오기만을 마냥 기다린다.

인동초 사랑

살갗이 터지는 겨울 들판에서
살을 에는 매서운 바람 불어도
눈이 펑펑 쏟아진대도
겨울이 주는 슬픔을 받아들여야지

고통의 흔적 온몸으로 피워내며
그리움을 진하게 부르는
고뇌 채운 아름다운 사랑은
어쩜 저리도 매혹적일까?

내 가슴에 숨 쉬는 그대
긴긴날 그리움을 가슴에 안고서
단 한 번의 사랑을 위해
뿌리는 땅속에 묻어두고 살아야지.

자귀나무 꽃

가슴속 타는 불잉걸 홀로 사루며
한여름 진땀을 닦고 닦아
노을처럼 수줍게 불타는 자귀 꽃

사랑을 예쁘게 담금질하여
은은한 향기 피우며
빛살 고운 연분홍 꽃 피었네.

산그늘 뉘엿뉘엿 설운 저녁달
사랑하는 사람의 꿈을 먹으며
밤이면 꼬옥 껴안고 잠이 든다.

자운영꽃

연한 보랏빛 양탄자 같은
자운영 꽃이 핀 들판에
애절한 바람만 불고 있다.

생애 가장 아리따운 시절
수줍음 타던 별당 아씨처럼
고개를 살며시 들고 피었나요?

아침이슬 머금은 채
소녀의 봉긋한 젖가슴 같은
진한 그리움이 피었나요?

보랏빛 인연 청초한 사랑
내 가슴 속에 영원히 지지 않는
별꽃이 되어주세요.

장미꽃

청명한 5월의 햇살 아래
첫날밤 신부의 수줍음 볼 같은
가슴속 사랑의 불씨 하나 지펴
오르가슴에 자지러지고
내 마음도 붉게 붉게 물든다.

어쩌면 긴긴 이 밤을
요염하게 붉게 물들이고
화려한 드레스 우아한 자태로
처연하게 피어 있는 저 장미는
누가 그 입술에 키스를 했나?

너의 유혹에 빠져들어
눈물겹게 사랑을 나누며
네 마음의 향기에 중독되어
맑은 영혼의 눈물로 승화되는
행복으로 핀 내 사랑 장미꽃.

접시꽃 당신

어스름이 내리는 담장 밑에
사랑스레 환히 웃고 서 있는
접시꽃을 보면 당신이 생각난다.

다소곳한 당신의 예쁜 모습
보고파질 때 내 가슴은 뛰어
내 마음 송두리째 바치오리다.

사모하는 내 마음 아시나요?
눈이 시리도록 빨간 접시꽃
고운사랑 한 올씩 심어 주고 싶어요.

제비꽃

솜털 보송보송한
별처럼 수놓은 자주색 꽃
허리를 낮추어야 보이는
자세히 보아야 눈에 띄는 꽃

가장 작은 꽃이지만
앙증스런 너의 모습은
눈물로 담담한 세월을
견디고서야 피어나는 꽃

바라만 보고 있는데도
아가의 순수함이 배어있어
너무 귀엽고 예뻐서
그냥 눈물이 납니다.

진달래꽃

꽃샘추위가
채 가지 않은 춘삼월
능선과 산자락 굽이마다
연분홍 고운 빛의
수줍은 눈을 꽃 피웠네.

바람이 지날 때마다
잠들지 못한 영혼
소쩍새 울음 따라
별당 아씨 수줍음 안고
피어나는 붉은 연정

소소리바람 불어와도
하늘하늘 흔들리며
사르르 번지는 그리움
이 봄 지나도록
홍역을 앓는다.

질경이

눈길 한번 주지 않고
무참히 밟히고 밟히어
온몸이 상처투성이지만
돌아보면 조각난
아픔마저도 아름답구나.

흔들리며 쓰러지며
밟힐수록 다시
시퍼렇게 일어서며
서러움의 응어리를 토해내는
삶이 고달프지만
자신을 돌아보며 마음 다독이네.

뼛속 깊이 박힌 속울음 참으며
생채기 난 나신으로
밤새 하얗게 지내우며
또 다른 희망을 안고
생명의 불꽃을
옹골차게 피워낸다.

찔레꽃

황톳길 돌아서면
실바람에도
수줍어 움츠리며
애잔한 향기로
내 마음 설레게 하네.

해 맑은 미소에
짙은 그리움으로 피어난
너를 사랑하지 않고는
어찌할 수 없는
순백의 사랑 찔레꽃.

그대가 숨겨놓은
이 그리움은
내 안에 가시로 박혀도
가슴이 찡해서
서럽도록 좋아라.

창포꽃

맑은 호숫가에 산들바람 불어오면
여린 고개 살포시 내밀며
아침 이슬 머금고
아슴아슴 피는 어여쁜 창포 꽃

잎새들 흔들릴 때마다
절대 바람에 꺾이지 않는
보랏빛 아이리스의
슬픈 전설을 당신은 아시나요?

여리고 가여운 창포 꽃 여인이여!
창포물에 담그고 감은 긴 머리에
모시 한복 곱게 여미고 예쁜 미소 띄우며
기다리는 여심女心 창포 꽃으로 피어나리라.

채송화

자그마한 몸
간신히 일으켜
쪼그려 앉은 너는
오금이 저려 오겠지.

시간도 삭는
한여름 땡볕에
바짝 타들어 가는
입술 적시며

해맑은 웃음 잃지 않고
온 시름 더위 이겨내느라

여름 내내
벌겋게 멍이 들고
그리움에 목말라
키도 작아졌나보다.

꽃은 축복이다

처녀치마꽃

바람이 살며시 스치는 날
분홍빛 처녀치마 한 자락
살며시 들려
봄이 눈을 떴다.

햇살은 부끄러워
치마폭을 타고 내려오고
그녀는 말없이 미소 짓는다.
세상의 첫 꽃이 된 듯이

처녀치마 그 너른 품에
시간도 숨을 고르고
오래도록 간직하고픈
순정하나 물든다.

철쭉꽃

오월 눈부신 산야에
내가 잠든 사이
온산이 붉어졌다.

두견새는 먼 산에서
구슬피 울어대는데
혼연히 너를 바라보다가
나의 가슴 붉게 물들었다.

철쭉꽃 붉은 입술
붉게 타는 여린 가슴
요염한 선홍의 색채
너는 정열의 화신이어라.

치자 꽃

작은 가슴에
사랑의 향기로
하얗게 피었다가
노란 빛으로 지는 치자 꽃

명치끝이 저려오는
인고의 날을 지새워가며
순백의 영혼
희망처럼 하얗게 꽃피우고

그리움과 애절함이 깃든
그윽한 향기가 너무 좋아
아침이슬 맺힐 때까지
네 곁에 머물고 싶다.

카네이션

오월의 따스한 봄 햇살 속
빨간 카네이션의 물결
거리마다 넘쳐나는데
그리움에 눈물이 납니다.
보고 싶어 마음이 아립니다.

사랑과 감사의 마음 담아
부모 가슴에 카네이션 한 송이
달아 드릴 수만 있다면
얼마나 행복할까요?

두 분 다 안 계시니
다가서 안길 품속조차 없네요.
이제는 하얀 카네이션을
내 가슴에 달아야 하네요.

슬픔과 사랑의 이름으로
용서와 속죄의 이름으로
카네이션꽃 한 송이 바칩니다.

칸나꽃

한여름 태양을 껴안은 꽃
불꽃은 여름 한복판
그대는 바람조차 숨죽이게 하네.

뜨거운 햇살을 등에 지고
조용히 피어나
하늘을 향해 손을 뻗는다.

바람은 지나가며 속삭인다.
그대는 지지 않는 태양처럼
모진 계절도 붉게 피워내는구나

붉고 붉은 칸나여!
당신은 잠깐의 여름이 아니라
계절을 견디는 묵직한 믿음이다.

코스모스 연가

마음마저 쓸쓸한 오솔길 걸으면
시월의 소슬바람 불어오고
비밀스런 아픔 서러움 쏟아내듯이

텅 빈 길섶에 가녀린 몸매로
외로이 길손 유혹하는 너는
고운 햇살과 달빛 머금고 피어난
기다림의 꽃이어라.

서럽도록 하늘거리는 춤사위
촉촉이 젖은 영혼의 향수
날아가 없어지는 것은

지독한 그리움이고
외로운 사랑이다.
어쩌면 너는 고독한 밤이
더 아름다울 수 있어요.

탱자꽃

탱자나무 가지마다
얼기설기 가시가 박혀있네
상처마다 탱자꽃 하얗게 피우며
가시라도 품고 있어야
상처받지 않을 것 같은 것일까?
바짝 곤두세운 가시가
내 마음을 찌르면 어쩌지!
그러나 저 여린 꽃잎 다치지 않음은
세상 속에서
내 몸을 지키기 위한 방법이었을 뿐
촘촘한 가지 틈새에서
탱글탱글한 탱자꽃 금빛 향기 피우네.

튤립꽃

꽃 모양이 머리에 쓰는
투구와 같다 하여
튤립이라 부른다네.

검과 같은 푸른색 잎새
뿌리는 황금색으로
꽃의 여신이
억울한 소녀의 넋을
위로하며 만든 꽃으로

꽃은 오색으로 물이 들어
곱고 이쁜 무지개 꽃
지나가는 길손들 윙크하며
사랑을 고백하는 꽃.

팬지꽃

화단 앞줄에 앉아야만 어울리는
키 작은 앙증스런 꽃
제일 먼저 봄을 꽃피우기 위해
모진 비바람 추위 견디면서
슬픔도 애써 감추며 피는
지고지순한 사랑스런 꽃

천사가 제비꽃에 반해
세 번의 키스를 하니
3색의 팬지가 되었답니다.
'나만 생각해 주세요.'라는 꽃말처럼
나는 팬지가 이뻐 보이는데
내 님도 나만 생각해 줄까요?

하얀 꽃살

세상은 고요하고
차박차박 눈이 내린다.
기다림의 내 가슴에도
서걱서걱 눈이 내린다.

하염없이 내리는
설레임의 눈꽃을
바라보던 그리운
그 사람을 만나고 싶다.

하얀 세상 하얀 마음으로
뽀드득뽀드득
첫 발자국을 남기며
정답게 손잡고 마냥 걷고 싶다.

길섶에 하얀 꽃살이
소담스럽게 피었는데
내 가슴에도 하얗게 피어
고운 선율 남기고 싶다.

하얀 목련

겨울 강을 건너온 하얀 목련
얼마나 그리움이 컸기에
잎보다 꽃을 먼저 피웠는가?

가장 깨끗한 슬픔 속에
아픈 가슴 빈자리에
순백의 단아한 목련이 핀다.

봄바람에 앞가슴 벙그러져
봉긋이 푸른 꽃봉오리가
오르가슴으로 자지러지고

우아하고 순결한 사랑으로
내 영혼에 감성을 일깨우는
목련은 생명의 등불을 밝힌다.

해당화꽃

신두리 사구 언덕에
파도 소리 듣고 모진 해풍 견디며

금빛 모래에 붉은 꽃잎 수 놓은 듯
피어 있는 다홍색의 해당화꽃

여리여리한 꽃잎이며
고운 향기까지 지니고서

봉긋이 피어날 때면
수줍은 섬 색시의 볼그레한 볼처럼
청초한 듯 수줍은 꽃

누구든지 사랑할 수밖에 없는
매혹적인 이쁜 꽃.

해바라기

가는 허리 큰 키의 육신을
대지를 디딤돌 삼아
당당한 자세로 서면
가느다랗게 실핏줄 돋고
머리에서부터 발끝까지
저리며 많이 외롭구나.

해님을 시샘하며
세상에서 가장 무심한 몸짓으로
바람결에 기대어도
내 육신의 뼈마디마다
각인된 그리움만 남아
애가 닳도록 애태우다
해바라기 꽃을 피웠네.

오뉴월 땡볕의 뜨거운 열기를
가슴으로 안아 참으며
날을 채우고 달을 채워서
속살 알알이 영글어

노오란 얼굴로 미소 지을 때
이내 마음도
톡톡 영글어 가겠지.

홍매화

맑은 숲 오솔길 따라
산새 소리 청아하고
산모퉁이 돌고 돌아
낮은 구름 언덕을 넘나드네.

소곤소곤 봄비가 내리면
연두 바람에 초록 새싹 움트고
버들가지 실눈을 뜨는 봄날
매화꽃은 기어이 피고 말겠지.

시린 겨울을 견디고서 피어나는
붉은 그리움의 혼불
고운 빛깔로 물 들어갈 수 있다면
긴 기다림조차도 행복하지.

히아신스

조용한 봄의 틈에서
너는 말 없이 피었다.
흙을 뚫고 올라온 그리움처럼
자줏빛 향기를 품고

바람은 네 이름을 몰라도
향기는 길을 잃지 않는다.
누군가의 창가에 닿아
지친 마음을 깨운다.

잊힌 것들이 다시 피어나듯
너의 고요한 아름다움은
말보다 깊은 대답이 되어
세상의 틈을 메운다.

히아신스
그 이름조차 시처럼
한 번 피고 오래 남는다.